Le PATRIOTISME.

Par le F.·. Castara,

ORAT.·. ADJ.·. ET FONDAT.·. DE LA R.·. ▭
des Amis de la Bienfaisance,
à l'O.·. de Lunéville;
MEMBRE HONORAIRE DES RR.·. ▭▭
de St-Jean de Jérusalem,
O.·. de Nancy;
des Amis incorruptibles des Vosges,
O.·. de St-Dié.

Lunéville,
DE L'IMPRIMERIE DE GUIBAL.

1830.

LE PATRIOTISME.

LE

PATRIOTISME.

Par

J.-S. Castara.

Quum tempus necessitasque postulat,
Decertandum manu est, et mors servituti turpitudinique anteponenda.
Cic. de offic.

Si la nécessité demande les combats,
Tirons le glaive avec courage,
Et sachons préférer un glorieux trépas
Au déshonneur, à l'esclavage.

LUNEVILLE,
DE L'IMPRIMERIE DE GUIBAL.

1830.

LE

PATRIOTISME.

❧

Amour de la patrie, ô noble sentiment,
Des plus belles vertus éternel aliment,
Tu renais dans nos cœurs ! ta voix enchanteresse,
Chez les dignes enfans de l'antique Lutèce,
A su se faire entendre. En vain l'ambition
De ministres plongés dans la corruption,
Et poussant à l'excès leurs lâches brigandages,
Tenta de nous ravir nos plus saints apanages :
Les lois, la liberté ! !... Ces perfides Séjans,
D'un roi faible et crédule, abattu par les ans,
Pervertissaient le cœur et trompaient l'espérance.

Les insensés ! Quel songe... rendre esclave la France!
Leur réveil fut terrible, et trois jours écoulés,
De honte et d'infamie ils étaient accablés ;
Charles perdait son sceptre et la France était libre.

Sublime dévoûment ! Jamais aux bords du Tibre,
Aux bords de l'Eurotas, dans les âges heureux
Que l'Histoire a vantés, on ne vit tant de preux
Se livrer aux combats avec plus de furie,
Etre plus empressés à sauver la patrie,
Qu'en ces jours immortels où les Parisiens,
Du pouvoir absolu brisaient les durs liens.

De Paris soulevé, l'élan patriotique
Animant tous les cœurs d'un courage héroïque,
Fit voir à l'Univers que l'amour du pays
Doit l'emporter toujours sur de vils ennemis,
Stupides serviteurs du hideux arbitraire.

Généreux citoyens, un ange tutélaire,
Après vos premiers coups, vient vous tendre la main,
Lafayette apparaît !... Le succès est certain.....
Fils de la liberté, dont l'aimable sourire
Enfante les héros, il saura vous conduire.

On ne se contient plus, et confondant leurs rangs,
Vers un but dirigés, femmes, vieillards, enfans,
Tous, d'un commun accord, à la jeunesse ardente
S'unissent pour sauver la patrie expirante ;
Tous brûlent d'obtenir un glorieux trépas ;
Rien n'émeut leur audace et n'arrête leurs pas :
Les balles, la mitraille enflamment leur courage ;
Au front des bataillons se jetant avec rage,
Ils luttent corps à corps et vengent leurs amis
Que la mort a frappés. Elèves de Thémis,
Disciples d'Hyppocrate, et vous illustre école,
Vous avez mérité la brillante auréole
D'une immortelle gloire. On vous doit des autels,
Courageux écrivains que ces jours solennels
Ont vu vous révolter contre la tyrannie,
En signalant partout l'horrible félonie,

Réveiller dans les cœurs l'ordre et la liberté.
Vos noms seront transmis à la postérité!

L'union fait la force, elle rend invincible;
La victoire est à toi, peuple brave et sensible,
Exempte de souillure on l'admire en tous lieux;
Partout, en ton honneur, fume l'encens des dieux.

Mais quoi, j'entends des pleurs, des cris, des chants
funêbres;
Malheureux! J'oubliais des victimes célèbres;
Victoire! tes faveurs causent bien des soucis:
C'est une mère en deuil qui demande ses fils,
C'est un faible orphelin qui redemande un père,
Un enfant au berceau qui crie après sa mère,
Un frère par sa sœur plus loin est réclamé,
Une timide amante attend un bien-aimé,
L'époux ne répond plus à la voix qui l'appelle,
Aux sanglots répétés d'une épouse fidèle.

Ils étaient aux combats, ces hommes généreux,
Ils ne pourront jouir du bien conquis par eux,
La tombe les dévore !... Ah ! quel sujet de larmes...

Mais au comble des maux il est encor des charmes ;
Ô France ! tes martyrs se trouvent satisfaits,
Et leurs mânes joyeux refusent tes regrets.
Morts pour nos libertés, ils plaignent tous leurs frères
Qui sont restés debout. Vos urnes funéraires,
Braves Parisiens, renferment notre amour
Et tous nos souvenirs ; le laurier, chaque jour,
De lui-même croîtra pour vous faire un ombrage
Et rendre à vos succès un éclatant hommage.
L'or, le marbre, l'airain, monumens somptueux,
Rediront vos exploits à nos derniers neveux.

Et vous qui, combattant pour la cause sacrée,
Ne pûtes recevoir une mort désirée,
Consolez-vous, amis, magnanimes héros,
Notre reconnaissance, égale à vos travaux,

Ne périra jamais ; vos larges cicatrices,
Vos membres mutilés, formeront vos délices,
Vous rappelant toujours votre intrépidité
A sauver la patrie et notre liberté.

Mais toi, dans un château, près de la capitale,
Quand ton peuple s'égorge, aux combats se signale,
Charles dix, que fais-tu ? Qui peut te retarder ?
Tu sais d'où vient le mal, cours et le fais céder ;
Il en est tems encor.... Tu restes immobile,
Tu voudrais te distraire au moment d'être utile ;
Tu cherches des plaisirs, et ton peuple périt !
Quelle fatalité t'opprime et te conduit ?

Te reposant sur eux du soin du sacrifice,
D'infâmes conseillers serais-tu le complice ?
Cette pensée affreuse augmente nos douleurs ;
Oh ! non, tu fus trompé par de vils imposteurs ;
Ton cœur s'embrâse au nom de ta belle patrie !
Ce n'est, tu le crois bien d'après la flatterie,
Qu'une émeute légère, et qu'un seul escadron

Dissipera bientôt. Mais le bruit du canon,
Le lugubre tocsin, l'active générale,
Et l'odeur d'un sang pur qui jusqu'à toi s'exhale,
Ne dénoncent-ils pas les coupables complots,
La noire trahison des courtisans dévots.

Tu ne veux rien entendre et ta langue est muette....
Le silence, aux méchans, sert souvent d'interprête;
Tu les laisses agir te fiant à leur foi;
Ton trône va crouler.... Déjà tu n'es plus roi!
Tu n'es plus qu'un coupable, et jamais dans ton ame,
De l'amour du pays, tu n'éprouvas la flamme.

Tout est perdu pour toi, le peuple te bannit,
Et scella de son sang le redoutable édit.
Vas chercher loin de nous, sur la rive étrangère,
Quelqu'un qui te soulage et plaigne ta misère;
Sur la France, jamais ne fonde aucun espoir,
Tu voulais l'asservir; mais, brisant ton pouvoir,
Elle chasse un tyran qui redoublait nos chaînes,
Abandonnant l'état à de dévotes rênes.

Puisse ce grand exemple apprendre à tous les rois
A respecter du peuple et la force et les droits.

Après un effroyable orage
Qui répandit au loin la tristesse et la mort,
Le nautonnier, qu'épargna le naufrage,
Voit et contemple avec transport
Le soleil perçant le nuage.

Les impétueux ouragans
Déjà sont remplacés par la brise légère
Qui lui promet le retour du beau tems,
Et vers une rive prospère
Le dirige sans accidens.

Affranchi du moindre nuage,
Le ciel, plus favorable, a repris son azur;
Le dieu du jour y marque son passage
Par les flots d'un feu vif et pur
Qui viennent réchauffer la plage.

Tout réjouit l'infortuné,
Bientôt il reverra sa paisible chaumière,
D'où pour toujours il se crut éloigné.
Il bénit la nature entière,
Qui ne l'a pas abandonné.

Ainsi, d'une tempête affreuse et redoutable,
Jaillira du bonheur la source intarissable;
L'horison politique, après tant de malheurs,
S'éclaircit et promet les plus douces faveurs.
Un astre bienfaisant nous sourit et nous guide,
Le peuple le révère et le prend pour égide,
D'Orléans est à nous..., tout fiers de notre choix,
Nous allons exister sous le règne des lois.
Malheur à tout ministre imprudent ou peu sage
Qui, du bonheur public, renverserait le gage!

Le prince qui gouverne est juste et vertueux,
Il sera satisfait si nous sommes heureux :
La royauté, pour lui n'est que magistrature
Comptable à la patrie, et son cœur nous le jure.
Il a banni le faste et tout cet apparat
D'une odieuse cour qui ruinait l'état :
Il est grand, généreux ; mais toujours économe,
Il veut que tout concoure au profit du royaume.
Au peuple son palais est ouvert chaque jour ;
C'est un roi citoyen...., il a tout notre amour !

La justice trop rare et l'ordre et l'abondance
Vont bientôt revenir. Vous renaissez en France
O jours tant regrettés du règne de Trajan !....

Je vois se dérober l'importun courtisan,
Il cache son dépit qu'avec peine il maîtrise,
Il fuit des lieux trop chers à la douce franchise.

Au sein de l'indigence, au faîte des grandeurs,
La liberté sourit à tous ses défenseurs,
Fait briller à leurs yeux la flamme tricolore,
Symbole d'union que partout on honore.

Je vois la tendre mère apprendre à son enfant
A chérir la patrie, en la reconnaisant
Pour sa seconde mère. Et l'heureuse jeunesse,
Trouvant à l'illustrer sa plus grande richesse,
A sa divine voix, se hâte d'accourir ;
Le débile vieillard, tout prêt à la servir,
Retrouve la vigueur et l'élan du jeune âge.

O mon pays! ô Roi! qui chasses l'esclavage,
Toutes les nations, admirant tes desseins,
Te donnent pour modèle à tous les souverains.

Philippe, à ton aspect que le peuple s'écrie :
Salut, trois fois salut, père de la patrie!!!

www.ingramcontent.com/pod-product-compliance
Ingram Content Group UK Ltd.
Pitfield, Milton Keynes, MK11 3LW, UK
UKHW020551230726
13925UKWH00006B/2536